Letras al Carbón

Texto de IRENE VASCO

LetrAs AL CarBón

Ilustraciones de JUAN PALOMINO

Editorial EJ Juventud
Provença, 101 – 08029 Barcelona

Me encanta que escribas cuentos. A veces yo también lo hago.
¿Sabes? Cuando yo tenía tu edad, no sabía leer ni escribir.
¿Qué te parece si te cuento la historia de cómo aprendí
y luego entre los dos la escribimos? ¿Te gusta la idea?
Empecemos...

Antes, en el pueblo casi nadie sabía leer.
Y mucho menos, escribir.

El señor Velandia, el dueño de la tienda, era de los pocos
que sabía. Anotaba con tiza en la pared las cuentas de lo que les
fiaba a los vecinos. Y cuando le pagaban, lo borraba.

Las letras estaban presentes en todas partes, pero casi nadie las reconocía.

Los periódicos viejos servían para empacar las compras y para tapar las rendijas de las paredes, así el viento no se colaba en las noches frescas.

Las letras estaban en las cocinas, en las mesas, frente a los ojos del pueblo de Palenque, pero nadie las leía.

Las frutas y las verduras llegaban al puerto
cada semana. Con los bultos, llegaban también
algunas cartas, que el encargado del correo llevaba
a la alcaldía.

Por esos días, Gina, mi hermana mayor,
recibía una carta cada mes.

Gina abría el sobre con timidez. Sabía que las cartas eran de Miguel Ángel, el joven médico que había pasado unos meses en el pueblo.

Bajo el árbol de mango, Gina permanecía horas mirando aquellas cartas llenas de letras que no podía leer pero que estaba segura que contenían promesas de amor.

Yo me moría de ganas de saber qué decían esos papeles. Imaginaba que Miguel Ángel le pedía a Gina que se casara con él, y le ofrecía una casita para que vivieran juntos en algún lugar lejano al que mi imaginación no llegaba. Gina sin duda soñaba escenas parecidas.

Sin embargo ninguna de las dos podía leer lo que le escribía.

Nos pasábamos las cartas de mano en mano,
intentando descifrarlas. Nos subíamos a la rama
más alta del árbol de mango, desdoblábamos las hojas
y buscábamos la letra «O», la única que conocíamos.

Las cartas de Miguel Ángel se volvieron
una obsesión para mí. Quería descifrar
qué decían las letras para contárselo a Gina.
Y así fue como decidí aprender a leer.

–¿Aquí qué dice? –le preguntaba al señor Velandia
cada vez que podía.

–Te enseño a leer si me ayudas –me contestó un día.

–¿Ayudarlo a qué? –pregunté.

–A empacar los granos. Tienes que pesar el arroz,
el frijol, el maíz, y meterlos en las bolsas de papel.
Cada bolsa debe pesar exactamente una libra.

Una vez por semana iba a ayudar al señor Velandia.
Con gran cuidado pesaba, empacaba y acomodaba
las bolsas en la estantería mientras repasaba las letras
que él me enseñaba.

–Mira, aquí está el nombre de tu mamá: JOSEFINA.
A ver, ¿dónde está la «A»? Sí, esa es muy fácil. Y la «J».
Ah, sí, sí, muy bien.

De nombre en nombre, de vecino en vecino, de deuda
en deuda, terminé por reconocer todas las letras.

A la caída del sol, yo jugaba a ser el señor Velandia. Gina se sentaba a mi lado y a veces se unían otros niños, mis hermanos y los vecinos. Con un trozo de carbón de la cocina escribía en el suelo las letras y se las hacía repetir.

–A ver, a ver, ¿dónde está la «G» de **GINA**?

¿Dónde está la «p» de **perro**?

casa

olla

planta

Y Gina, con ganas de aprender para poder leer las cartas de su Miguel Ángel, se esforzaba por encontrarlas.

Hacia finales de año, Gina y yo ya podíamos leer.
Lo hacíamos despacio pero entendíamos todo.
A medida que aprendíamos las letras, las cartas
se hacían más y más distantes.

Casi en Navidad llegó
una carta de Miguel Ángel.
Gina y yo nos subimos al árbol,
la abrimos y la leímos
de corrido:

Apreciada Gina:

Ya son muchas las cartas que
le he escrito sin recibir respuesta.
Esta será la última. Me preparo
para viajar a otro país y será muy
difícil que regrese a Palenque.
Guardo un bello recuerdo de
su amistad.
Le deseo lo mejor para su vida.
Con mi más sentida gratitud.

Miguel Ángel Sinisterra

Cuando Gina terminó de leer, vi que una lágrima
corría por su rostro. Guardó la carta en el bolsillo y dijo:
   –¡No hemos acabado de coser los vestidos
para la fiesta de Navidad! ¡Tenemos mucho que hacer!
Vamos, otro día seguiremos leyendo cartas.

En la fiesta, Gina conoció a Juan José... pero esa es otra historia.
Y yo, dichosa de mí, recibí el mejor regalo que nunca nadie
me había hecho: mi primer libro, *Los cuentos del tío Conejo*.
El señor Velandia lo había hecho traer para mí.
Esa Navidad, me sentí la niña más feliz del mundo. Al terminar
la fiesta, leí el libro en voz alta para todos los del pueblo.

Desde ese momento no he dejado de leer para mí...
y para los demás.

Lo que se transforma, lo que permanece

En Colombia, como en buena parte de Latinoamérica, la cultura y las reglas comunitarias se han transmitido a través de la tradición oral. Las palabras narradas y cantadas en rondas y arrullos parecían ser suficientes hasta hace poco. Leer y escribir no eran asuntos prioritarios, en particular en las comunidades afroamericanas, asentadas en zonas rurales de difícil acceso. Menos prioritarios aún si se trataba de las mujeres, destinadas a cuidar los hogares o a las labores del campo.

Hacia finales del siglo xx, la vida de las comunidades comenzó a cambiar. Se despertó la conciencia de que la alfabetización era un derecho básico de todos. Fueron apareciendo bibliotecas, las escuelas se multiplicaron, y por fin los habitantes de los lugares alejados de las capitales tuvieron acceso a pequeñas colecciones de libros.

Desde entonces, llegamos batallones de formadores hasta los más remotos e inexpugnables rincones, con nuestros morrales cargados de libros, a encontrarnos con las madres y las bibliotecarias comunitarias que antes narraban y cantaban y que ahora leen en voz alta. Estas mujeres aprendieron a leer con las letras que circulaban a su alrededor, en lugares tan exóticos como los sacos de harina, marcados con los nombres de los molinos, reciclados como rústicos calzones para las niñas.

Durante años de vida andariega, de taller en taller fui recolectando las historias lectoras de estas mujeres. Sus palabras me conmovían y me alentaban. Yo oía, anotaba en mi cuaderno lo que escuchaba y pedía prestadas las bellas experiencias de su entrada al mundo de las letras.

Recordando los mapas dibujados con diminutas trenzas en las cabezas de las mujeres africanas que guiaban a los esclavos fugitivos, así mismo trencé las historias que me prestó esta nueva generación de lectoras. En memoria de los primitivos poblados de cimarrones, el pueblo donde transcurre *Letras al carbón* se llama Palenque.

Hoy agradezco a Carmen Antonia, bibliotecaria de La Alegría, y a todas las anónimas mujeres de este país que se transforma, que se convierte en lector, mientras guarda y transmite las palabras de los mayores reunidos alrededor del fogón, que ya pocas veces es de carbón, pero que permanece prendido con el fuego de la tradición.

Irene Vasco

Con todo mi cariño y gratitud para las madres y las bibliotecarias comunitarias
que a lo largo y ancho de Colombia me prestaron las historias reunidas en este relato.

IRENE VASCO

Conocer a Irene Vasco, hace ya unos buenos años, me hizo conocer
el verdadero significado de promoción de la lectura.
Publicar este libro contigo es cerrar un círculo. Gracias, Irene.

NOTA DEL EDITOR

© Texto: Irene Vasco, 2015
© Ilustraciones: Juan Palomino, 2015
© EDITORIAL JUVENTUD, S. A., 2015
Provença, 101 - 08029 Barcelona
info@editorialjuventud.es
www.editorialjuventud.es

Primera edición, 2015

ISBN 978-84-261-4243-6
DL B 14557-2015
Núm. de edición de E. J.: 13.096
Diseño y maquetación: Mercedes Romero
Printed in Spain
Grafilur S.A., Avda. Cervantes, 51 - 48970 Basauri (Bizkaia)